소풍

홍성란

충남 부여 출생.
성균관대 대학원 국문과 졸업(문학박사).
1989년 중앙시조백일장으로 등단.
시조집 『춤』 『바람의 머리카락』, 한국대표 명시선 100 『애인 있어요』 등이 있음.
유심작품상(2003)·중앙시조대상(2005)·대한민국문화예술상(2008)·이영도시조문
학상(2009)·한국시조대상(2014)·조운문학상(2016) 등 수상.
방송대·성균관대 강사, 《유심》 상임편집위원 등 역임.

소풍

—

초판 1쇄   2016년 3월 7일
초판 2쇄   2016년 6월 20일
지은이   홍성란
펴낸이   김영재
펴낸곳   책만드는집

—

주소   서울 마포구 양화로3길 99 4층 (04022)
전화   3142−1585·6
팩스   336−8908
전자우편   chaekjip@naver.com
출판등록   1994년 1월 13일 제10−927호
ⓒ 홍성란, 2016

—

ISBN 978−89−7944−563−3 (04810)
ISBN 978−89−7944−513−8 (세트)

한국의 단시조 0 1 1

소풍

홍성란 단시조 60선

책만드는집

조운이 꽃 피운 「古梅」에서 초정 김상옥이 받들어 올리는 굽 높은 「祭器」에서 시조 시학을 배운다. 단시조를 쓴다는 건, 신전에 제물을 받들어 올리듯 그해 가장 탐스러운 과일을 굽 높은 제기에 담아 정갈하게 받들어 올리는 일과 같다고. 단시조는 늙은 매화나무 등걸에 허울 다 털어버리고 남을 것만 남아 드문드문 피어 있는 꽃송이와 같은 것이라고.

조운이 그립다고, 초정이 그립다고 말을 해도 좋을까.

부끄럽다.

－2016년 靑梅 그늘 아래
홍성란

| 차례 |

1부　물뗴새 발목 적시러

2부　엇갈린 한순간이라도

3부   따라나서던 강아지처럼

4부   물 위에 수련이 떠올라

1부
물떼새 발목 적시러

잔물결

진달래 피었구나
너랑 보는 진달래

몇 번이나 너랑 같이 피는 꽃 보겠느냐

물떼새
발목 적시러 잔물결 밀려온다

−「춤」(문학수첩, 2013)

달라이 라마처럼,

돌쟁이 웃음처럼 맑은 바람 분다 해도

그것은 내가 살기 위해 짓는 표정

꼬리가
몇 개나 달린 짐승일까, 나는

−「바람의 머리카락」(고요아침, 2016)

명자꽃

후회로구나
그냥 널 보내놓고는
후회로구나

명자꽃 혼자 벙글어
촉촉이 젖은 눈

다시는 오지 않을 밤
보내고는
후회로구나

-『바람 불어 그리운 날』(태학사, 2005)

소풍

여기서 저만치가 인생이다 저만치,

비탈 아래 가는 버스
멀리 환한
복사꽃

꽃 두고
아무렇지 않게 곁에 자는 봉분 하나

−「춤」(문학수첩, 2013)

16

분꽃 핀 옛집 흘러가고

머물고 싶은 데 있던
그런 때가 있었어

아무렇지 않게 분꽃 핀 옛집 내려다보고

나는 또
아무렇지 않게 흘러가고 있잖아

−『따뜻한 슬픔』(책만드는집, 2003)

공

어디로 튈지 몰라 空은 공이지

쏠리지 마라, 빠지지 마라 그토록 타일렀건만

놓치고 굴려 보내고 바라보는 하얀 空

−「춤」(문학수첩, 2013)

카톡

다 보려고 하지 말걸
다 들으려고 하지 말걸

아낌없이 건너간 마음은 쌓여 벽이 된 걸까

그럴 줄 차마 몰랐으니 서툰
내력을 삭제한다

−『춤』(문학수첩, 2013)

들길 따라서

발길 삐끗, 놓치고 닿는
마음의 벼랑처럼

세상엔 문득 낭떠러지가 숨어 있어

나는 또
얼마나 캄캄한 절벽이었을까, 너에게

-「춤」(문학수첩, 2013)

어리석은 봄

행복하게 살자
여기에서 사는 동안

산이
울면
메아리가 응하듯

산수유
가지런히 꽃 피운
오르막이
좋으니

―『바람 불어 그리운 날』(태학사, 2005)

이제 와서

이제 와서
알게 된 건
변하지 않는 건 없다는 것

변하지 않는 건 없다는 것만이 변하지 않는다는 것

거짓말
사랑한다는 그 불쌍한
거짓말

-『바람 불어 그리운 날』(태학사, 2005)

잠깐

웃고 떠들며 온 길이 내내 잘못이었다

울며 지나온 사이
눈멀어 지나온 사이

그 잠깐,
눈은 귀는 입은 어디 다
팔았나

−「춤」(문학수첩, 2013)

가늘고 긴 기울기

왼쪽으로 치우친, 그것은 판단이었다

온몸으로 맞받아쳤을
비바람
여치의
무게

별똥별 긋고 간 금 따라
강아지풀
휘었다

―『바람 불어 그리운 날』(태학사, 2005)

잔잔한 눈길

잔잔한 냉이 꽃이
풀밭 위에 아름다운 건

바람 가는 대로 흔들렸다, 흔들려서가 아니다

날 따라
냉이 꽃무리도 흔들리기 때문이다

−「춤」(문학수첩, 2013)

우리 사이

세상 산다는 건
비위를 맞추는 일

미안해
고마워
두 어깨 토닥이며

나도 그 간격을 버리고
네 눈빛 보는 일

－『바람의 머리카락』(고요아침, 2016)

탱화

몸부림치던 나날 그 마음 굽이 보는
아침

목숨 도모였다 이 눈물도
결국은

백일홍 꽃잎을 뜨는 표범나비 한 마리

–『바람의 머리카락』(고요아침, 2016)

두 번째 슬픔

속았다, 이렇게
속는 것도 괜찮다

크게 한번 속이려고 나처럼 여기 온 거지

그러나
속아준다는 것, 너도 알고 있으리

−「춤」(문학수첩, 2013)

애기메꽃

한때 세상은
날 위해 도는 줄 알았지

날 위해 돌돌 감아 오르는 줄 알았지

들길에
쪼그려 앉은 분홍치마 계집애

–『따뜻한 슬픔』(책만드는집, 2003)

마적 魔笛

단발머리 못 둑에 앉아
물수제비뜨는 날은

아픔도 돌멩이 하나로 그냥 가라앉고

다시는
바라볼 수 없는 소나기가 지나간다

−「춤」(문학수첩, 2013)

2부

엇갈린 한순간이라도

바람 불어 그리운 날

따끈한 찻잔 감싸 쥐고 지금은 비가 와서

부르르 온기에 떨며 그대 여기 없으니

백매화 저 꽃잎 지듯 바람 불고 날이 차다

-『바람 불어 그리운 날』(태학사, 2005)

철길에서

둘이 한곳을
바라보는 게 사랑이라면

글쎄 나는 싫겠다
나란히 가기만 한다면

엇갈린 한순간이라도 좋으리
만나기만 한다면

－「춤」(문학수첩, 2013)

가을날

몸이 한 말
마음이 지키지 못하면 무효다

약속은 말자
스치는 바람 흩어 가는 갓털처럼

언젠가
나중에
다시

만나자고는 말자

-「바람의 머리카락」(고요아침, 2016)

와다*

죽고라도 그려낼 눈빛
언약 너와 맺고 싶다

뼈도 살도 해진, 몸으로 한 번 꼭 한 번

하룻밤 한나절에도 천 리를 가는
귀신처럼

−『춤』(문학수첩, 2013)

* wada, '약속'이나 '언약'이라는 뜻의 인도 말.

고슴도치

다 사랑할 거야
다 사랑해줄 거야

자꾸 결심하는 너는 오늘 괴로웠구나

가슴에
가시 박힌다 해도 널 포옹해줄 거야

−『따뜻한 슬픔』(책만드는집, 2003)

나만

문득 미운 걸 보면
아직 널 사랑하나 봐

잊었다 해놓고선 또 문득 미운 걸 보면

잊었다
다 잊었다는 내 거짓말을 나만
몰랐네

-「춤」(문학수첩, 2013)

봄 하루

사랑한다 말하면
떠날 것만 같아

근지럽게 충혈된 가슴 두 팔에 감아쥐고

벚꽃들
일시에 울다, 지천으로
무너지다

−『황진이 별곡』(삶과꿈, 1998)

날씨

"가끔 구름이 많이 끼겠습니다"

얼마나 다행인가 가끔 구름이라니

태풍은 지나고
추청秋晴

너를 버린
마가목 길

-「춤」(문학수첩, 2013)

그 새

갠 하늘 그는 가고
새파랗게 떠나버리고

깃 떨군 기슭에 입술 깨무는 산철쭉

아파도
아프다 해도
빈 둥지만 하겠니

－「춤」(문학수첩, 2013)

아디오스

받지 않을 전화를 걸어
흐르는 노래
듣는다

구름 가는 테라스
솜털 씨 멀리
흩어서

하늘도
느티나무 가지 사이 오래오래
지나간다

−「춤」(문학수첩, 2013)

편지

쓸쓸한 시간을 위해
기대서는
작은
창

우표 안의 작은 새도
빰을 붉혀
우는데

바람은 귀 먼 영혼을
후려치고
갑니다

-『황진이 별곡』(삶과꿈, 1998)

무지개

뉘우치진 않으련다
무지개 지는
언덕

너도 행복이라는 걸 찾아가는 것 아니겠니

가거라
내가 보낸 사람아, 나와 같은 사람아

－『춤』(문학수첩, 2013)

상처

온전히 나의 뜻으로
바다는 출렁이고

바람에 실린 향기처럼 너는 떠나버렸다

꽃처럼
떨어진 꽃처럼 빈 씨방으로 울었다

−『황진이 별곡』(삶과꿈, 1998)

낙뢰

지상에서 맺지 못한
너와 나 만나서

푸른 깃 부딪치며 서러운 밤 포효할 때

불씨들 기립한 천지
찬미하라
이 절정

－「황진이 별곡」(삶과꿈, 1998)

추신追伸

당신이 나를
보려고 본 게 아니라

다만 보이니까 바라본 것일지라도

나는 꼭
당신이 불러야 할 이름이었잖아요

−「춤」(문학수첩, 2013)

여우비

코끝만 스쳤대도 비는 비, 그대

개울가 마른 언덕 쇠뜨기는 번져서

그 눈길
허전히 머문 자리 훅, 끼치는 살냄새

−「춤」(문학수첩, 2013)

48

3부
따라나서던 강아지처럼

쌍계사 가는 길

날
두고
만장일치의 봄 와버렸네

풍진風疹처럼 벌 떼처럼 허락도 없이 왔다 가네

꽃 지네
바람 불면 속수무책 데인 가슴 밟고 가네

-『따뜻한 슬픔』(책만드는집, 2003)

물감

나무 안에 물감 있다
욕심 없이 한두 가지

물 햇빛 공기 흙 욕심 없이 서너 가지

꽃 피고 열매 열리는 저 착한
나무 안에

−「춤」(문학수첩, 2013)

52

소림명월도疏林明月圖

-김홍도의 달

물오른 젖가슴
달은 옷을 입지 않아

자작나무 가지 위에 걸터앉은 저 여인

엉덩이
덩두렷 밝으니 나도 불끈 솟아라

-『따뜻한 슬픔』(책만드는집, 2003)

춤

얼마만 한 축복이었을까
얼마만 한 슬픔이었을까

그대 창문 앞
그대 텅 빈 뜨락에

세계를 뒤흔들어놓고 사라지는
가랑잎
하나

−「춤」(문학수첩, 2013)

54

쉬고 싶은 가을볕

몇 번은 붙잡힌 듯 바스라진 날개를

바윗돌 된장잠자리
쉬고 싶은
가을볕

안경 눈 가끔 굴리는 등허리가
따습다

-『바람 불어 그리운 날』(태학사, 2005)

꽃다지

혼자서만 놀던 아이
먼 길 다녀왔습니다

아니 올까 싶었지만 기지개 다시 켜는
봄

나쁜 이
더러 숨어 사는 동구 밖에 왔습니다

−「춤」(문학수첩, 2013)

산책

마당에 나온 개미 한 마리
일생은 얼마일까

다리 밟혀 뒹구는 몸은 얼마나 흘러갈까

가다가 되돌아본 사이
영원永遠이
고여 있다

-「춤」(문학수첩, 2013)

숨결

잠긴 돌들 또렷해
물소리는 숨었다

어제처럼 눈을 뜨고 들길을 걸었다

하나도 들은 바 없이 뉴스는
흘러갔다

−「바람의 머리카락」(고요아침, 2016)

저녁에

담배를 배울 걸 그랬다
성냥골 그어 당기게

누가 봐도 일없이 불장난한다 하지 않게

성냥골 확, 그어 당기면
당긴 이유 보이게

−「춤」(문학수첩, 2013)

국도 17번

따라나서던 강아지처럼 배롱나무 꽃분홍

실눈 뜬 하늘 붙잡아 꼬깃꼬깃 흔들고

빗줄기 쓸어 날리며 나는 간다, 지친 날을

−『바람 불어 그리운 날』(태학사, 2005)

섬

멍든
살을 깎아
모래를 나르는
파도

천 갈래 바닷길이여, 만 갈래 하늘길이여

옷자락 다 해지도록 누가 너를 붙드는가

－『황진이 별곡』(삶과꿈, 1998)

한살이

우리
떨어지자
굴참나무 열매처럼

굴참나무 열매처럼 한번 굴러떨어져

이듬해
오종종하니 살림 다시 차리게

-『따뜻한 슬픔』(책만드는집, 2003)

가랑잎 안부

거짓말할 줄 모르는 이 한 날
가리고 가려

말씀 한 줄 곱게 받든 입동 하늘
금 그으며

아직은
흙 묻지 않은 어린 발이
오십니다

-『바람 불어 그리운 날』(태학사, 2005)

불꽃놀이

단 한 번 스치는 건 바람만이 아니다

솟아오르는
절정
스러지는 저
탄식

손 털고 일어서는 건 사람만이 아니다

−「춤」(문학수첩, 2013)

64

옷

다시
태어나면
나비가 되어 오리

장신구 내려놓고 누더기 벗어 개켜두고

저 나비 앉았던 자리
가만 올라앉으리

－『황진이 별곡』(삶과꿈, 1998)

소식

밤송이 까서
풋밤 세 알 나란히 얹은 바윗돌

다람쥐
그걸 알고 알밤만 가져갔다

매봉산
찌르레기가 비 온다고 소리쳤다

–『바람의 머리카락』(고요아침, 2016)

이 선물

몸이 가벼워 문득
혼자 웃는
저녁

주전자를 기울이면
먼 물소리
들려오고

바람이 왔다 가는 창가에
솔가지도
흔들린다

－「춤」(문학수첩, 2013)

4부
물 위에 수련이 떠올라

개나리
─여의도 의사당 부근

나리 나리 어디 숨었소, 황사 몹시 쳐들어오는데

풍진세상 찬양하시는 흰 지팡이에게 묻습니다

개!
나리,
다들 어디 가시었소, 탱탱 빈 모자 눌러쓰고

─『바람 불어 그리운 날』(태학사, 2005)

어리연꽃

죽은 피
썩은 살
모여 사는
이
연못

아수라에 뿌리박고
꽃은
왜
못 피우리

저토록 찢긴 옷자락
그림자도
하얗다

−『바람 불어 그리운 날』(태학사, 2005)

포살布薩 식당

저 외진 데로 가
혼자 밥 먹는 친구를 보고

일곱 사람이 식판 들고 그쪽으로 몰려가네

산나리
긴 목을 휘어 물끄러미 보고 있네

–「춤」(문학수첩, 2013)

병 속에

용대리 꼬마가 물고기를 잡았는데

이름이 뭐냐 물으니 아직 안 지어줬대요

저것 봐
아무것도 아닌 게 살랑대는
저것 좀 봐

-「춤」(문학수첩, 2013)

74

아버지

두 말가웃 가난이 모인
아버지 낡은 가죽 가방

발우 말끔 비우듯
속내 환히 들키듯

산算 놓고 대차貸借 어긋나니
또 어눌한 저녁이다

−「춤」(문학수첩, 2013)

어머니의 중두리

비 들면 옹그리고
된장 뜨던 머릿수건

바스라질 듯 동그랗게 흙으로 가시는 길

빈 장독
기우는 옛집에서 눈물 한 점 모셔 왔다

—『춤』(문학수첩, 2013)

봄비

익명의 성금이 답지하고 있구나

누웠던 정물들 춤을 추고 있구나

이 나라
목마른 영혼들 속을 풀고 있구나

-『황진이 별곡』(삶과꿈, 1998)

인드라망

휴지도 좀 떨구고
꽁초도 좀 버려줘야

공원의 청소부도
할 일은 좀 만들어줘야

물 위에 수련이 떠올라 잠자리 날개 쉬고 있다

–「춤」(문학수첩, 2013)

해우소

어쩌다 너를 적시고 가는 산들바람에

웃음 절로 입가에 번질 때
그 때처럼

버릴 것
다 버리고 나니 홀로 환한
천지간

-『춤』(문학수첩, 2013)

단시조의 미학

홍성란

'마흔다섯 자 내외'라는 말

시조는 '3장 6구 12음보 45자 내외'로 압축하고 절제하는 가운데 생성되는 정형시다. 3장 6구 12음보(마디)가 시조를 이루는 기본 단위, 곧 단시조單時調이며, 시조의 본령은 평시조 단 한 수로 실현되는 단시조에 있다. 시조의 율격은 초장과 중장이 4음 4보격으로 정형화되어 있는 음량률이고 종장만은 시상 완결을 위해 그 첫 마디를 반드시 3음절로 고정하는 음수율이 혼합된 혼합 율격이다(김학성).

시조의 율격에서 기본적으로 음보 하나를 채우는 기준 음량은 4음절이다. 만일 하나의 음보가 4음절 미만인 경우 부족한 음량은 장음(— : 1음절 정도의 음장)이나 정음(∨ : 1음절 정도의 묵음 상태)과 같은 수의 자질로 충당하게 된다. 따라서 눈에 보이고可視 귀에 들리는可聽 음절 수가 개별 작품마다 다르게 나타나고 그래서 시조는, 정형시는 정형시이되 작품마다 글자 수가 다른 '자율적 정형시'가 되는 것이다. 작품마다 글자 수가 다른 자율적 정형시이기에 단시조는 '45자'가 아니라 '45자 내외'라 하는 것이다. 다시 말해 3음절로 고정하는 종장 첫 마디를 제외한 초장과 중장

그리고 종장의 둘째 마디 이하는 개별 작품마다 글자 수가 다른 음량률로서, 시조의 율격은 음수율과 음량률이 혼합된 혼합 율격이라는 것이다.

조운의 「고매古梅」를 음보(|)와 구(||)를 구분하고 장음(—)과 정음(∨)을 포함한 도식으로 살펴본다.

매—화— | 늙은 등걸 || 성글고— | 거친 가지

꽃도—∨ | 드문드문 || 여기 하나 | 저기 둘씩

허울 다 | 털어버리고 || 남을 것만 | 남은 듯∨.
　－조운, 「고매古梅」전문

42자인 이 작품을 도식화하면 시조가 자율적 정형시임을 한눈에 알 수 있다. 가시 가청의 음절로 채우고 모자라는 음량은 장음(—)과 정음(∨)이 충당하고 있다. 조운은 압축과 절제의 시조 시학을 고졸古拙 청고淸高한 고매의 풍격으로 천의무봉 구사하고 있다. 늙은 매화나무 등걸에 드문드문 피어 있는 꽃송이를 보며 허울 다 털어버리고 남을 것만 남았다고 했다. 초장에 이은 중장에서 매화나무 등걸과 매화꽃의 형상을 묘사하면서 고졸 청고한 삶의 방식 또는 삶의 이치를 종장에서 추출 표백한 것이다. 조운 미의식의 산물인 이 늙은 매화나무가 초장-중장에서 지시한 삶의 이치를 종장에서 비약적으로 구현함으로써 시조 명작을 낳았다.

시조, 굽 높은 제기祭器

조운의 「고매」와 같이 영감을 담거나 이 순간의 솔직한 감정을 담거나 재치 있는 세공을 담거나 간에, 시조 형식은 제기와 같다. 시조를 창작한다는 일은 제기에 그해 가장 탐스러운 과일을 담아 올리듯 정갈하게 마련한 언어의 제물을 시인이라는 사제가 신전에 받들어 올리는 일에 비견할 수 있다(졸고, 「시인의 말」, 『애인 있어요』, 시인생각, 2013). 버릴 것 버리고 덜어낼 것 덜어내서 허울 다 털어버린 3장 6구로 그려내는 세계. 이것이 한국 시가사의 그 어떤 서정 양식보다 절제되고 압축된 단시조의 미학이다.

굽 높은

祭器.

神前에
제물을 받들어
올리는—

굽 높은
祭器.

詩도 받들면
문자에
매이지 않는다,

굽 높은
祭器!
　　　　– 김상옥, 「제기祭器」 전문

　초정 김상옥의 「제기」는 시론시다. 시이거나 시조이거나
모름지기 서정시는 사제가 신전에 제물을 받들어 올리는
마음 자세로 써야 한다. 서정시를 쓴다는 일은 이 경건한

의식을 행하는 일이다. 서정시는 발화를 최대한 억제하며 최소한의 언어로 고양된 정서를 표백하는 억제 발화 양식이다. 초정의 직관이 말하듯, 시라는 그릇은 굽 높은 제기다. 신전에 제물을 받들어 올리는 굽 높은 제기다. 말수 적어 군더더기 없고 정갈한 시어 운용. 그 정갈하고 적확한 시어가 그려내는 감동적 전언이 행간의 여백에서 잔잔히 번져올 때 울림이 있는 시라 할 수 있다. 울림이 있다는 말은 독자가 공감 공명한다는 말이다. 독자도 공감 공명할 수 있는 시적 발상과 언어 운용. 이는 시도 받들면 문자에 매이지 않는다는 초정의 언명과 다르지 않다. 문자에 매이지 않는 시란 무엇인가. 명작의 시품을 가리키는 말이다.

시조는 이 순간의 솔직한 감정을 담아내는 서정 양식이다. 자유시와 달리 감각적으로 직방으로 알아들을 수 있는 우의寓意로서 말 속에 말이 들어 있어야 한다. 말하지 않은 이면의 말이 들려야 한다. 조운이 「고매」에서 말하지 않은 이면의 말은 무엇인가. 바로 우리 삶의 자세다. 허울 다 털어버리고 남을 것만 남은 늙은 매화나무 등걸과 거기 드문드문 피어난 매화꽃의 형상과도 같이 사람살이 또한 허울과 가식을 털어내고 진솔 진정 겸허한 자세로 살아야 한다는 것을 조운은 말없이 이면의 목소리로 들려주고 있다.

시조 명작의 리듬 의식

시조가 '자율적 정형시'라는 것은 많은 것을 함의하고 있다. 시조는 3장 6구 12음보라는 형식 규율을 기반으로 생성되는 정형시이되, 자율적으로 음절 수를 조절하면서 음량을 채워 탄생하는 정형시다. 또 하나, 고시조와 달리 현대시조라는 3장시는 정감의 추이에 따른 시행 발화로써 행을 배열하고 연을 구성하는 시적 형식을 갖추어 생성되는 정형시다. 백수 정완영은 개별 작품이 보여주는 시조 율격과 언어 운용의 자율성을 '내재율'로 표현했다. 이 내재율은 시조 언어 운용의 묘와 유연한 리듬 의식을 가리킨다.

백수는 일찍이 자신의 시조가, 시조가 아니어도 좋다고 했다. 이 말은 백수가 시조를 포기한다는 말이 결코 아니다. 언지言志를 드러내기 위해 구어체 자연 발화를 취하는 시어 운용으로 보면, 백수 시조가 종래의 음수율이라는 개념에서 벗어난 예가 많다는 점을 대변하기 위함이다. 백수가 가장 중요하게 생각하는 것은 천의무봉한 시어 구사와 리드미컬한 율격 운용으로 실경實境을 펼치는 것이다. 실경이란 동아시아 미학의 정수를 이해하기 위한 필독서로

꼽아온 『이십사시품二十四詩品』의 열여덟 번째 풍격風格
으로서 진실한 경지를 가리킨다. 거짓되거나 허구적인 풍
경도 아니고 들뜨고 과장된 감정도 아닌 있는 그대로, 보
이는 그대로의 풍경과 감정을 가리킨다(이하 실경에 대해서
는 안대회, 『궁극의 시학—스물네 개의 시적 풍경』). 경경境은 시
서화의 전통 미학적 경계境界로서 널리 쓰였다. 경계는 예
술적 경지를 가리킨다. 이 예술적 경지 가운데 시경詩境은
시적 경지를 뜻한다. 시의 묘사 대상은 객관적인 풍경을
뜻하는 경景과 시인의 주관적 감정을 뜻하는 정情으로 나
뉘는데 경경境 또는 경계境界는 이 둘을 모두 포함한다. 그러
므로 실경은 거짓이 아닌 진실한 풍경과 감정을 담아낸 개
념이다.

실경에 대한 이해를 토대로 백수 시조를 이해하면, 순간
의 진실한 풍경과 정감을 적실하게 표현하기 위해 꼭 써야
하는 적중어的中語를 무조건 덜어낼 수는 없다는 것이다.
백수 시조의 경우, 그 자연스러운 언어 운용에 따라 특히
음절 수가 늘어나거나 음보 하나 정도의 파격을 초래하기
도 한다. 이는 시조가 자율적 정형시로서 고시조에서부터
구어체 자연 발화를 구사해왔고 이러한 시어 운용이 시조
의 자연스러운 리듬 의식으로 구체화됨을 보여주는 것이

다. 백수는 이러한 사례를 이호우, 박재삼 등의 시조를 예 거하며 내재율이라는 용어로 설명한다.

어떻게 살면	어떠며,∨	**어떻게 죽으면**	어떠랴∨
나고 살고	죽음이 또한	무엇인들	무엇하랴∨
大河는	소리를 거두고	흐를 대로	흐르네∨

─이호우,「하河」전문

이 작품의 경우, 밑줄 친 초장의 첫 음보와 중장의 둘째 음보는 1음절 정도의 '가벼운 파격'을 보인다(김학성). 이는 성기옥의 『한국시가율격의 이론』으로 보면, 음보가 2~5음 절로 양식화된다는 점에서 파격으로 보지 않는다. 다만 밑 줄 치고 굵은 글씨로 표현한 초장의 셋째 음보는 6음절로 서, 이는 두 개의 음보에 해당하는 음량으로 1음보 정도의 파격이다. 백수는 이 정도의 파격은 얼마든지 허용된다고 보는 것이다. 백수 시조에서 이런 1음보 정도의 파격은 어 렵지 않게 찾아볼 수 있고, 이 정도의 파격은 고시조의 삼 삭대엽이나 낙시조 항목에서 쉽게 찾아볼 수 있다(김천택, 『청구영언青丘永言』, 1728).

「하」를 소개하면서 백수는 이 유장한 호우 시조의 풍격을 장자지풍長者之風으로 들며 누가 있어 이 풍도風度, 이 장류長流를 이어나갈 것인가 묻고 있다. 백수는 이 천의무봉 적실한 시어 운용이 빚어내는 리드미컬한 율동미, 다시 말해 시어 운용의 묘와 유연한 리듬 의식을 내재율이라 했다.

태양이— ㅣ 그대로라면 ‖ 지구는— ㅣ 어떤 건가
수소탄— ㅣ 원자탄은   ‖ 아무리— ㅣ **만든다더라도**
냉이꽃 ㅣ 한 잎에겐들 ‖ 그 목숨을 ㅣ 뉘 넣을까
　　—이병기, 「냉이꽃」 셋째 수

백수는 「냉이꽃」을 예로 들며 틀에 박힌 듯하면서도 틀에 박히지 않고, 또 자유분방하면서도 궤도를 벗어나지 않는다며 이것이 우리만이 가지고 있는 정형시라 했다. 틀에 박힌 듯하다는 것은 3장 6구의 형식 규율을 지킨다는 것이다. 그러면서도 틀에 박히지 않는다는 것은 음수율로 보던 종래의 율격론을 의식한 발언이다. 곧 밑줄 친 초장의 둘째 음보가 5음절이라는 점과 밑줄 치고 굵은 글씨로 표현한 중장의 넷째 음보가 6음절로서 음보 하나 정도의 파격임을 의식한 말이다.

굳은一∨ | 일들은 다   ‖ 물아래一 | 흘러지이다
江가에서 | 빌어본∨   ‖ 사람이면 | 이 좋은 봄날
휘드린 | 수양버들을 ‖ 그냥 보아 | 버릴까∨

아직도一 | 손끝에는   ‖ 때가 남아 | 부끄러운
봄날이一 | 아픈一∨   ‖ 내 마음一 | 복판을 뻗어
떨리는 | 가장가지를 ‖ 볕살 속에 | 내놓아∨

이길 수가 | 없다,一∨   ‖ 이길 수가 | 없다,一∨
오로지一 | 졸음에는   ‖ 이길 수가 | 없다.一∨
종일을 | 수양이 뇌어 ‖ 江은 좋이 | 빛나네.∨

　　　　　　　　　　－박재삼,「수양산조垂楊散調」전문

　이 작품은 밑줄 치고 굵은 글씨로 표현한 첫째 수 초장
첫 마디와 둘째 수 중장 둘째 마디, 셋째 수 초장 둘째 마디
와 넷째 마디, 중장의 넷째 마디가 2음절이다. 눈에 보이고
귀에 들리는 음보 하나의 음절 수가 기준 음절 수인 4음절
보다 2음절 적다. 장음과 정음 하나씩을 포함하는 마디가
한 편의 연시조에 5회나 보이고 기준 음절 수를 1음절 초
과한 '가벼운 파격'의 5음절 마디도 3회나 보인다. 백수는

「수양산조」의 시품을 국보급이라 했다. 「수양산조」가 보여주는 박재삼의 리듬 의식은 시조가 자수를 맞추어 쓰는 음수율의 정형시가 아니라는 점을 시사한다. 종장 첫 마디 3음절을 제외한 모든 마디는, 자연 발화에 따르는 구어체 시어로서 시인이 표백하고자 하는 의상意象을 있는 그대로 3장 6구에 차분히 담고 있다. 백수는 억지를 부린 흔적이라고는 없는 이 가락에 자수가 절로 따라온다고 했다. 백수 시조의 리듬 의식이, 국보급 시품으로 평가한 박재삼 시편을 통해 증명되고 있다.

유 곡 절 해, 3장의 정취

백수는 「수양산조」를 평가하며, 박재삼은 인정의 흐름과 천지의 기미를 잘 알아차리고 사물과 통화를 가장 잘하는 달인이라 했다. 다분히 추상적인 평가다. 박재삼 시조 평가의 바탕이 된 이 같은 인식은 『시조창작법』 첫머리 「생활과 운韻」에서부터 드러난다. 3장 6구에는 우리 민족의 온갖 사고, 온갖 행위, 온갖 습속까지가 다 담겨 있으며 제삿날 종갓집에서 지내는 제례祭禮를 들어 우리 생활, 우리 정신

의 가장 깊은 골을 밝혀주던 하나의 심등心燈이요 하나의
운사韻事라 했다.

춘하추동 계절의 행이, 할머님의 물레 잣던 손길, 늙은 농
부의 도리깨 타작, 우리 어머님들의 다듬이 소리, 거 어깨춤
도 절로 흥겹던 농악에 이르기까지 가만히 새겨보고 새겨
들으면 (…중략…) 어느 것 하나 3장 6구의 시조 가락 아닌
것이 없다는 것이다.

흐름流이 있고, 굽이曲가 있고, 마디節가 있고, 풀림解이
있는 우리 시조는 그 가형歌形이 우연히 이루어진 것이 아
니라 우리 정신의 대맥이 절로 흘러들어 필연적으로 이루
어진 것이라 하겠다.

'유 곡 절 해'를 어떻게 설명할 수 있을까. 이는 율동적 미
감과 대구와 호응을 포함한 언어적 미감이 주는 시적 정조
情調, 정취情趣를 가리키는 것으로 볼 수 있다. 구체적으로
보면, 초장에서는 음보와 음보가 만나 구를 이루고 구와
구가 결합하여 장을 이룬다. 이러한 구조가 중장에서 단
한 차례 반복되며 반복의 미감이 실현된다. 종장에서는 첫
마디 3음절, 음수율을 지키고 둘째 마디는 기준 음량의 마

디 2개가 결합한 변형 율격으로 율격적 전환을 보이다가 셋째 마디와 넷째 마디는 기준 음량 마디로 종결짓는 율격 운용을 보인다. 이 율격 운용에 수반되는 시어 운용 측면에서, 우리는 백수의 '유 곡 절 해'를 이해할 수 있다. 초장과 중장에서 실현되는 율격적 반복의 미감과 언어적 층위의 반복이 주는 미감, 그리고 이로부터 비롯되는 의미적 층위의 반복이 주는 미감을 한 번 흐르고 한 번 더 굽이치는 유流와 곡曲으로 설명할 수 있다. 종장 첫 마디 율격은 초장과 중장의 음량률과는 다른 3음절 음수율을 따르고 둘째 마디는 기준 음량 마디 2개가 결합한 변형 율격으로써 중장까지 보이던 4음 4보격 음량률의 지속성을 차단하는 모습을 보인다. 이 같은 미학적 원리는 절節에 해당하는 것으로 볼 수 있다. 종장 첫 마디 3음절 음수율과 둘째 마디 5~8음절의 변형 율격 이후, 셋째 마디와 넷째 마디는 음량률의 4음절 기준 음량 마디로 복귀하며 차단을 풀어주는데 이는 해解에 해당하는 것으로 볼 수 있다.

옛날 밤을 새워가면서 잣던 할머니의 물레질, 한 번 뽑고 (초장), 두 번 뽑고(중장), 세 번째는 어깨 너머로 휘끈 실을 뽑아 넘겨 두루룩 꼬투마리에 힘껏 감아주던 것(종장), 이것이 바로 다름 아닌 초·중·종장의 3장으로 된 우리 시조의 내재율이다.

시조적인 3장의 내재율은 비단 물레질에만 있는 것이 아니라 우리 생활 백반에 걸쳐 편재해 있는 것이다. 설 다음 날부터 대보름까지의 마을을 누비던 걸립놀이(농악)의 자진마치에도 숨어 있고, 오뉴월 보리타작 마당 도리깨질에도 숨어 있고, 우리 어머니 우리 누님들의 다듬이 장단에도 숨어 있었던 것이다. 다시 말해서 우리의 모든 습속, 모든 행동거지에도, 희비애락에도 단조로움이 아니라 가다가는 어김없이 감아 넘기는 승무의 소맷자락 같은 굴곡이 숨어 있다.

백수는 물레질, 농악의 자진마치, 도리깨질, 다듬이 장단 같은 우리 민족의 습속에도 시조의 운치韻致가 있다고 했다. 이 장단과 운치가 시적 정취를 이루며 이것이 유 곡 절해, 시조의 내재율을 형성한다고 보는 것이다.

명작의 조건, 미적 거리 또는 낙차

한 편의 시조가 명작인가 아닌가의 판단은 종장에 달려

있다 해도 과언이 아니다. 그만큼 종장 운용은 중요하다. 사천 이근배는 종장 운용을 평가하며 삼전어三轉語라는 용어를 썼다(《유심》 2014년 1월).

「봉정에 올라」에서는 오랜 면벽 끝에 비로소 화두를 깨친 조선 선승의 삼전어三轉語에 맞닿는 율격과 뜻의 세움設意을 보게 된다. '삼전어'는 고려 나옹懶翁 선사의 게송에 붙여진 이름인데 바로 시조의 초, 중, 종장의 형식이 세 바퀴를 돌리는 점에서 맥락을 같이하고 있다. "산에 와 산을 찾으니 온 세상이 산이네" 종장에 와서도 세 바퀴를 돌리고 나서 다시 제자리로 오는, 시조의 오묘한 경지를 밟고 있지 않은가.

「숨은벽」의 "열어도 열어젖혀도 열리지 않는 숨은벽", 「낙화암」의 "죽어도 / 죽지 않는 통곡 / 바람결에 든는다"에서도 시조 종장의 높은 숨결이, 한 사람의 시조 시인으로 자리매김하고 있음을 인증케 한다.

이 삼전어는 『벽암록』 제96칙 '조주시중삼전어趙州示衆三轉語'에서 유래한다. 조주 선사의 삼전어는 미혹을 일거에 변화시켜 깨달음을 얻게 하는 세 가지 어구를 가리킨다 (진흙으로 빚은 부처는 물을 건너지 못하고 / 금으로 만든 부처는 용광로를 지나가지 못하며 / 나무로 만든 부처는 불구덩이를 지나가지 못한다). 사천이 인용한 나옹 선사의 삼전어는 "산은 어찌하여 묏부리에서 그치고 / 물은 어찌하여 개울을 이루며 / 밥은 어찌하여 흰 쌀로 짓는가山何嶽邊止水何到成渠飯何白米造"이다.

산은 어찌하여 묏부리에서 그치고 물은 어찌하여 개울을 이루며 밥은 어찌하여 흰 쌀로 짓는가. 왜 그렇게 되었을까. 이 화두의 열쇠는 무엇일까. 화두에는 답이 없다. 우리는 이 삼전어 앞에서 낯설고 놀라움에 궁구하는 마음을 갖지만 답을 낼 수 없다. 답을 내려 하지 않는 것은 말로써 말을 다 할 수 없기 때문이다. 이 삼전어의 경지는 언외언言外言이요, 언어도단言語道斷이다. 깨달음의 경지는 말 밖의 말에 있으므로 설명할 수 없고 체험으로 느껴 각자 아는 수밖에 없다. 이러한 삼전어의 경지를 시조에 적용하면, 장과 장 사이에서 느끼는 언어적 층위와 의미적 층위의 낙차가 갖는 경계를 지시하는 것으로 볼 수 있다. 우리는 이 장과 장 사이의 낙차가 갖는 낯설고 놀라운 미적 가치를 구체적인 작품으로 이해할 수 있다.

　　내 오늘

서울에 와
萬坪 적막을 사다.

안개처럼 가랑비처럼
흩고 막
뿌릴까 보다.

바닥난 호주머니엔
주고 간
벗의 명함…….
－서벌, 「서울 1」 전문

「서울 1」은 전후 궁핍한 시대의 삶을 벗어나고자 상경한
시인의 60년대 자화상이다. 상경하였으나 반겨줄 이 없는
가난한 시인 앞에 적막감이 만 평이다. 벗들을 만났으나 그
들이 건네는 명함만 바닥난 호주머니에 쌓여 있다. 호주머
니가 바닥난 시인에게 필요한 것은 무엇일까. 벗들이 건네
야 할 것은 명함이 아닌 밥이나 책을 살 수 있는 얼마간의
돈이었을지 모른다. 가난한 시인의 마음에도 추적추적 가
랑비는 내리고 시인의 내일은 안개 속처럼 알 수 없는 것이

었으리라. 종이쪽에 지나지 않는 명함을 막 흩어버리고 막 뿌려버리고 싶은 비애감이 적실하게 묘사되었다. 장 단위로 연을 구성하고 각 연은 의미 단위로 3행의 시적 형식(초장 : 음보+음보+구, 중장 : 구+음보+음보, 종장 : 구+음보+음보)을 취한 참신한 작품이다.

이 작품에서 서술형 종결어미를 취한 초장과 중장은 대등한 미적 거리를 보이고, 명사형으로 종결한 종장은 중장과 큰 낙차를 보인다. 다시 말해 초장의 의상意象은 중장과 다르고, 종장의 의상은 초장-중장과는 판연히 다르다. 이 돌연한 삼전어적 발상과 시어 운용이 시조 명작을 만들었다. 종장은 가히 달리는 말이 뒷발굽으로 땅을 차는 듯한, 주마축지走馬蹴地의 경계에 닿아 있다.

백수는 가야금 거문고를 탄주할 때나 시조창을 할 때도 동산일출東山日出, 평사낙안平沙落雁, 주마축지, 경조탁사驚鳥啄蛇와 같은 경境이 있다고 했다. 이 경에 대한 용어는 누가 지었는지 모르는 시조창 쪽의 '시조 영시時調 影詩'(장사훈, 『시조음악론』)에서 인용했다. '시조 영시'는 조선 말엽 향제鄕制를 표준으로 한 악상으로, 선율 진행법과 표현 방법을 묘사한 것이다. 백수는 이를 현대시조가 지녀야 할 시경을 설명하는 데 원용하고 있다. 시조는 특히 종장에서 그

경이 보여야 하는데 이호우의 「午」(쩡 터질 듯 팽창한 / 대낮
고비의 정적 // 읽던 책을 덮고 / 무거운 눈을 드니 // 석류꽃 뚝 떨
어지며 / 어데선가 낮닭 소리)가 보여주는 종장의 경계를 백수
는 주마축지라 했다.

　　뱃고동 소리가 희미하게 들리곤 한다

　　이승의 우수가 담긴 곡조 없는 휘파람같이

　　노을을 따라나서는

　　저 강물의 나들이
　　　－이우걸, 「이명 2」 전문

　「이명 2」는 초장과 중장은 장 단위 1연 1행으로 기사하
고 종장은 구 단위 2연 2행으로 하여 4연 4행의 멀리 굽이
쳐 흐르는 강물과도 같은 시적 형식을 취했다. 초장에서 이
명을 뱃고동 소리에 비유했다. 중장에서 뱃고동 소리는 이
승의 우수가 담긴 곡조 없는 휘파람 같다고 했다. 종장에서
는 돌연 노을과 강물 이미지를 끌어오는데, 아래로만 흐르

는 이 강물의 긴 흐름을 노을을 따라나서는 나들이라 했다. 이명을 보는 참신하고 아름다운 은유다. 종장의 이 고요한 의상에 작품 전체를 부양하는 힘이 있다. 초장과 중장이 보여주는 의상이 한등고연寒燈孤烟, 외로운 등불에 하늘거리는 연기와도 같은 경계에 닿아 있다면, 이 삼전어의 종장은 평사낙안, 모래사장에 사붓이 내리는 기러기 형상과도 같은 경계가 있다.

언단의장, 언외언의 경지

시조창 쪽의 '시조 연의時調 演義'에 말이 길면 말뜻이 분명치 않게 되니, 시조의 길은 잃게 된다語長 則辭義 不成分明 時調之道 去矣는 경구가 있다. 곧 언단의장言短意長이다.

구두를 새로 지어 딸에게 신겨주고
저만치 가는 양을 물끄러미 바라보다
한 생애 사무치던 일도 저리 쉽게 가것네
　　　　　　－김상옥, 「어느 날」 전문

초정의 「어느 날」에 대한 평가에서 백수는 이 종장 뒤에 깔린 말(여운)을 언외언의 경지라 했다. 말 밖의 말을 말로 다 할 수 없는 이 경지와 같이 모름지기 시조는 언단의장이라야 한다고 했다. 새로 산 구두를 딸에게 신겨주고 스스럼 없이 멀어져 가는 딸을 바라보는 시인의 감회. 가슴 저리도록 사무치던 일도 시간의 흐름 속에 흘러가 잊히는 것처럼, 품 안의 자식도 어느 날 스스럼없이 어버이를 뒤로하고 가리라는 허망 그 허무를 선명한 동영상으로 보여주는 시조 명작이다. 이 작품은 개별적 시인의 삶을 초장과 중장에서 펼치고 그로부터 오는 보편적 삶의 이치를 종장에서 비약적으로 드러냈다. 이 종장이 갖는 비약적 전환의 낙차가 이 시조의 품격을 한껏 고양하고 있다.

종장, 시조 성공의 관건

지금까지 단시조의 미학을 율격 운용과 시어 운용이 구축하는 내재율과 경의 측면에서 논의했다. 시조에는 분명 자유시와는 다른 경계가 있다. 율격을 어떻게 운용하는가, 시어를 어떻게 운용하는가에 따라 시품이 결정된다. 율격을 따르는 시조는 기본적으로 압축미와 절제미를 수반하게 된다. 언어를 절제하고 시어를 정제하여 굽 높은 제기와 같은 시적 정취를 지니는 단시조는 45자 내외의 시어로 천의무봉 묘품을 보여주어야 한다. 그러니 언단의장, 언외언의 경지에서 말은 적게 하면서 의미는 심오하게 펼쳐 말하지 않은 이면의 말을 담아야 한다.

시조는 반복과 전환이라는 3장의 구조적 원리에 따라 언어적 층위의 미감이 반복되면서 의미적 층위의 깊이와 넓이가 심화된다. 다시 말해 초장과 중장에서 흐르고(유) 굽이쳐(곡) 시어와 의미의 변주를 이루어내고 종장에 와서는 초장과 중장의 율격적 흐름을 차단했다(절) 풀어주는(해) 반복과 전환의 미학을 구현한다. 이러한 구조 미학적 원리가 시조의 정취를 결정한다. 여기에 교착어(첨가어)라는 우리말의 언어학적 구조에 따라 구어체 자연 발화로 시어를 구사하는 시조는, 정형시는 정형시이되 개별 작품마다 음절량이 자율적으로 조정되는 자율적 정형시로서 편편이 다른 율동미를 구현하게 된다. 이 독특한 언어 미학적 측면과 율동 미학적 측면이 태생적으로 시조의 내재율을 형성한다. 시조는 초장과 중장에 이은 종장의 미적 거리가 클수록 높은 시적 성취를 이룰 수 있다. 시조 성공의 관건은 초장과 중장을 부양하는 종장의 낙차에 있다. 시조 명작은 3장이 낯설고 놀라운 의상으로써 삼전어의 경계를 획득했을 때 탄생한다.

– 《유심》 2015년 10월호 권두논단